ノーマ・フィールドは語る

戦後・文学・希望

JN294353

〔聞き手〕岩崎 稔、成田 龍一

岩波ブックレット No. 781

一　『天皇の逝く国で』――三人との出会い

岩崎　ようやくこのシカゴの街に、ノーマ・フィールドさんをお訪ねしてお話をうかがう機会を持つことができました。成田さんも私も、たぶんアメリカの日本研究者のなかに友人や知人が多いほうなんですが、ノーマさんにはずっと直接お目にかかってみたいと思っていたのに、これまでそのチャンスがありませんでした。ですから、こうして直接うかがうことができたのを、とてもうれしく思っています。

成田　私も、ノーマさんの著作はいつも拝読していました。『へんな子じゃないもん』*の英語版**が出たときには書評もさせていただきましたが、シカゴでお目にかかることができ、大変うれしく思います。

まずは、『天皇の逝く国で』からはじめましょう。

この本は一九九一年に英語で発表されて***、一九九四年に日本語版****が出ました。出版と同時に評判を呼び、私たちの目の前に、突然にノーマ・フィールドという素晴らしい書き手が登場してきたという印象を持ちました。

この本は、昭和天皇の死にゆく過程を一つの柱としながら、山口、沖縄、長崎という三つの地域と、中谷康子さん、知花昌一さん、本島等さんという三人の人物を中心に綴った書物ですね。

ノーマ・フィールド氏

知花さんは一九八七年の沖縄国体で、掲げられていた日の丸を降ろして焼いた。中谷さんは殉職した自衛官である夫の護国神社への合祀取り消しを求めて提訴し、一九八八年に最高裁で敗訴していた。そして本島さんは長崎市長の職にあって天皇に戦争責任ありと発言し、その結果銃撃を受ける——そういう三人の人物を扱うと同時に、沖縄や長崎という地域の問題も丹念に書き込まれていますので、沖縄戦の問題や原爆の問題があわせて浮き彫りにされてくる、そういう書物でもあると思います。

*　みすず書房、二〇〇六年。
**　*From My Grandmother's Bedside: Sketches of Postwar Tokyo*, University of California Press, 1997.
***　*In the Realm of a Dying Emperor*, Pantheon Books, New York, 1991.
****　みすず書房、一九九四年。

ノーマ　こうしてご紹介いただくと、なにか整然とした感がありますが、『天皇の逝く国で』は、ある意味では偶然に書かれた本です。当時サバティカル(研究休暇)があって、一年間の日本滞在を予定していました。当初は、正岡子規や森鷗外といった初期近代日本文学の主流的存在における自然形成と国民国家の関係をテーマにした研究を考えていました。ところが、東京に着いたとたんに知花さんの裁判について小さな記事が目に入って、それがシカゴを発つ前に読んだ中谷訴訟の最高裁判決の記事となんとなくつながったんです。そこへきて昭和天皇が病に臥《ふ》して自粛が始まる。

自粛状態を傍観しているうちに、この時期に図書館に籠もっているのはもったいない気がしてきました。歴史的モメントに奇しくも遭遇したのではないか。ならば、それを凝視するのが先決ではないか、と。飛び交う言葉や人々の表情に注意して、自分が生きてきた戦後日本を意識化するまたとないチャンスではないか。そうして『天皇の逝く国で』が創案されたわけです。以前、友人が紹介してくれたニューヨークの編集者に手紙を出してみました。それは信じがたいほど簡単な計画書でしたが、本にしましょう、と言ってくれました。ダン・フランクという人で、いまでは著名な編集者です。よく引き受けてくれたと思います。たしか脱稿した後だと思いますが、彼が出版社を移った、という記事を『ニューヨーク・タイムズ』で読んではっとしました。でもちゃんと私の原稿を新しい職場に持ち込んでいてくれたのです。

成田　振り返ってみると、たしかにこの一九九〇年前後というのは、社会の大きな変わり目になっていますね。そのひとコマとして、昭和天皇の死も入っています。この新しいプロジェクトに取り組もうと決意された時、三人の人物と三つの事件、三つの地域ははじめから同時並行的に考えられていたのですか、それともどれかひとつの出来事や人物への関心が先にあって、その後に他の事例が現れてきたということでしょうか。

ノーマ　そうですね、最初に意識したのは中谷訴訟ですが、本で取り上げようなどとは思っていなかった。それから知花さんの日の丸焼却。本島市長の発言はその後になります。でもこのプロジェクトを実際に手掛けようと思った時点から、一緒に考えるようになりました。

おっしゃる通り、九〇年代は大きな転換期ですが、アメリカにおいて日本に対する関心が頂点に達したころでもあります。バブルがはじけても、しばらくはアメリカだけでなく、世界の目にまぶしく映ったのでしょう。多くの若者が日本語を習得するのが金持ちになる手っ取り早い方法と信じて、大学に入ってきました。ほどなくして中国語に取って代わられることになりますが。当時は日本の成功の秘訣をみんなが探っていて、さまざまな側面をテーマにした本がつぎつぎと発表されました。ぎらぎらした繁栄の背後に、なにか見逃してきたものがあるのではないか、とフランクさんは感じて、私の原稿を引き受けたのではないかと思います。

漫画やアニメはともかく、アメリカ社会全体が日本に関心を寄せなくなって久しいです。金融危機以降は反面教師として取り沙汰されてはいますが。要するに、輝かしい経済的成功を収めているか、アメリカの戦争相手になっているか、どちらかの条件を満たさない限り、アメリカのメディア界は外国の社会や文化に関心を示しません。それも大国の島国根性かもしれませんね。今だったら『天皇の逝く国で』は実現しなかったでしょう。

成田　まず中谷訴訟に関心を持たれたということですが、もう少し説明していただけますか。

ノーマ　『ニューヨーク・タイムズ』(一九八八年六月七日)に最高裁判決を報じる記事が掲載されて、その内容に意外と衝撃を覚えたんです。判決はこんな風に紹介されていました。合祀にあたって、自衛隊の関与は些細なものであり、政教分離の原則を破るものではない。逆に合祀反対の原告の主張を認めるなら、合祀支持者の信教の自由を侵すことになる、と。記事には久野収氏の批判的意見も紹介されてはいますが、それに対して亀井静香氏の、日本の社会的、文化的現実からしてまったく「妥当な判決」とする意見を挙げて、日本の宗教的風土の説明を展開しています。

この記事から理解する限り、判決の根拠があまりにもお粗末なのと、日本の風土、慣習に訴えることによって、中谷さんが提起しようとした問題が無視された感があり、私の中の日本人性が眠りから覚まされたように、「ああ、恥ずかしい」と反応したんです。『ニューヨーク・タイムズ』のような主要なメディアで、日本の司法のみっともなさが明かされてしまった、という恥ずかしさです。

成田　「恥ずかしい」という引き受け方は、とても重要ですね。問題を共有しているということですから。

ノーマ　そうですね。

成田　中谷さんとは、どういう形でお会いになりましたか。ノーマさんから中谷さんに連絡を

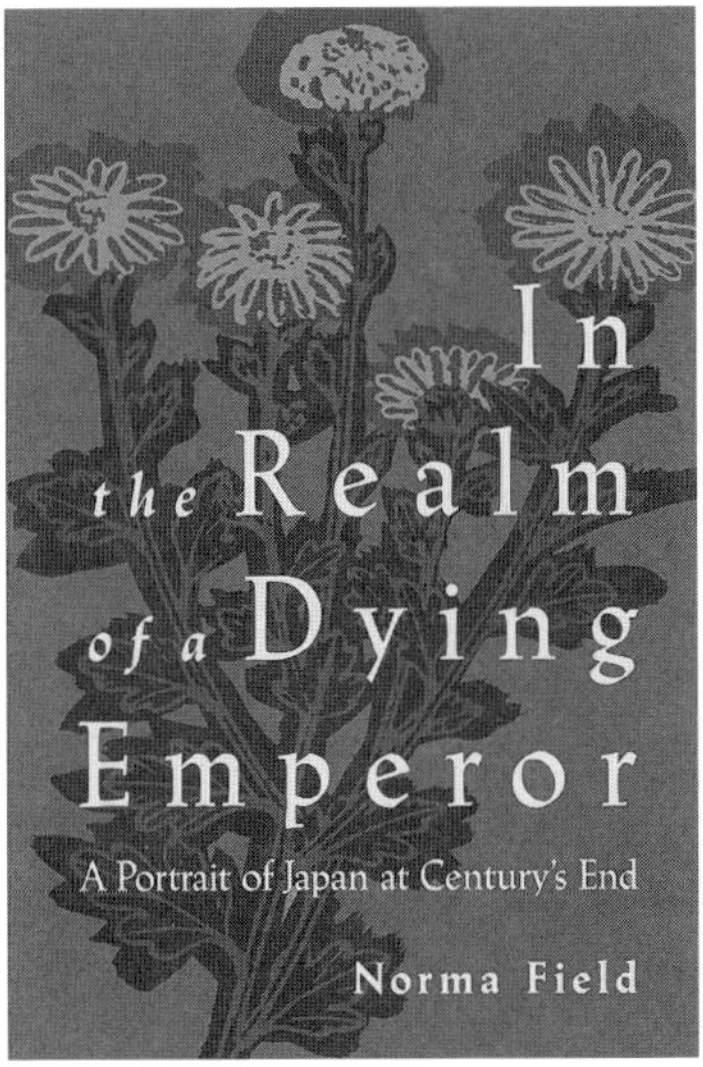

『天皇の逝く国で』原書

『天皇の逝く国で』日本語版

取られたのですか？

ノーマ　そうです。ある新聞記者の方がノンフィクション・ライターの田中伸尚さんを紹介してくださいました。田中さんは一九八〇年に『自衛隊よ、夫を返せ』（現代書館、一九八〇年）という本で中谷さんの闘いを描いていて、私を中谷さんに引き合わせてくださいました。そこで山口に行くことになりますが、中谷さんはぜひ家に泊まってください、とおっしゃいました。同じ女性であるからこうした機会に恵まれて、おかげで中谷さんの日常を身近に見て、生活に密着した価値観にふれることもできました。

成田　おそらくそれは、知花さんや本島さんの場合とも重なるような、ノーマさんの関係の作り方ですね。そこで、中谷さんのもとに来た脅迫状をごらんになったのですね。

ノーマ　はい。ひとりの人間に対して、多くの赤の他人が憎悪をぶつける、そんな現象にはじめて直接接したわけです。しかも当時は手書きのものばかりですよね。その生々しさ。今だったらネット上で攻撃されていたでしょう、イラク人質事件のように。

改めて手書きで届けられる憎悪の迫力とでもいいましょうか、実際、葉書や封書を手にしてみて、身震いした記憶があります。もちろん、どんな形であれ、憎しみの的になるのは忍びがたいことに違いありません。中谷さんはこれらの手紙をファイルにして大事に取っていらっしゃいました。身近に置き、共に生活し続けるとはすごいことだと、つくづく思いました。

岩崎　ノーマさんは、女性であるがゆえに中谷さんにお招きいただけたんだと言われました。これは後のお話ともかかわってくるんですが。やはりノーマさんの語りの中に、女たちの縁というのがとても重要な役割を果たしていますね。当時もそういうことは少し自覚をされていたのでしょうか。『天皇の逝く国で』のあとの二人は男性ですが。

ノーマ　むしろ当時のほうが、今よりもそういう意識があったように思えます。つまり、私の職場であるシカゴ大学は今でも比較的そうですが、以前は女性の教員が極端に少なかったんです。ですから、女性的な語り口、女性同士の付き合い――願わくは連帯――というものに期待をかけていました。近年はややちがってきてますね。一方では「女性同士」という感じが希薄になってしまった。他方、男性であろうと女性であろうと、お互いの人間性を瞬時でも認め合って、さらにちょっと欲張って、親しみがわくような接し方がしたい、という気持ちがあります。

本島市長の場合、市長という役柄もあって、市役所でお会いして、別の場でお話しする機会はありませんでした。でも、形式張ったところが微塵《みじん》もない、温かいお人柄が伝わってくる出会いでした。知花さんの場合はお宅でお会いして、奥さんやお父さん、お母さんともお話しして、当然ですが一人暮らしの中谷さんとは全くちがった生活を垣間見ることができました。お母さんはその朝採ってきたアオサを天ぷらにして出してくださったのが懐かしい思い出として残っています。

二　基地と沖縄

成田　知花さんの場合には、知花さんとそのご家族だけでなく、地域の歴史にグッと入り込まれていますね。つまり沖縄戦という問題が前面に出されていますね。沖縄には、以前から着目されていたんでしょうか。

ノーマ　いや、むしろ避けていました。幼稚園から小学校まで基地の学校に通っていて、基地としてのアメリカに対して深いコンプレックスを抱いていました。もちろん、子どもの感覚で、ということです。通っていた学校はヨヨギ・スクールといって、ワシントンハイツの中にありました。これはもと代々木練兵場の敷地で、敗戦とともに進駐軍の宿泊施設となって、後に東京オリンピックの選手村になったところです。学校以外にチャペル、店(ピー・エックスや、アメリカの食料品や水栽培された野菜を売る店)、士官専用のクラブなどがありました。

毎日、門番が立つゲートを通り抜けるのが微妙にいやだった覚えがあります。子どもながらに日本とアメリカの境目を超えることだと感じたんでしょう。ワシントンハイツは、基地といっても厳密には居住施設なので軍服が目立つわけでもありませんが、それでもどうしても出くわしてしまうことがあります。軍服に身を固めた大きな白人男は充分威嚇的存在として子どもの目に映ります。

宇田川町からワシントンハイツの中央通りを見る（毎日新聞社提供）

でももっと嫌だったのは、自分の振る舞いです。つまり、アメリカ人として通用したくて、神経をすり減らしてばかりいました。例えば地名や日本の食べ物の発音。軍属のひとたちは強烈なアメリカ訛りで発音するわけですね、当然。私もそれを注意深く真似してました。同級生が口にする「メード」や「ボーイ」や学校の日本人職員と自分との間に一線を画したかったからです。こうして自ら選んだ屈辱的体験もあって、沖縄に目が向かなかったこともありますが、もうひとつ——これはずっと潜在的な要素ですが——米軍人と日本人女性の間に生まれた子として、基地にまつわる男女関係を見たくない、という気持ちもどこかにあったと思います。

成田　なるほど。にもかかわらず、それほどのコンプレックスをも思い切らせるだけの力が、知花さんの行為にはあったということですね。

ノーマ　そうです。

成田　知花さんの行為は、私にとっても衝撃的だったのですが、ノーマさんは、知花さんが日の丸を引きずり下ろすだけでなく、焼いたというところに問題の焦点を探っていると思うのですが。

ノーマ　それは実際地元に行って感じたことなんです。地元では旗を引き下ろしたのも問題だけれど、焼却してしまったことが許せない、という意見が強くありました。今から思えば、引き下ろしと焼却を二分する傾向がなにを意味するのか、もっと探るべきだったと思います。

成田　そこまで知花さんを追い込んだ要因として、沖縄戦の問題をノーマさんは丹念に語っています。

ノーマ　そうですね。つまり、私がまったく知らなかった歴史に出会ったということなんです。知花さんの行為はそれ自体衝撃でしたが、それを理解しようとすると、沖縄戦だけでなく、明治まで遡って沖縄とヤマトの関係を視野に入れなければならないことがわかってきたんです。そうしてこそ、なぜあそこまで沖縄に基地が集中しているかがわかってくる。ですから、自分が素朴に、しかし根強く抱いてきた基地への違和感を歴史化しなければならないことに目覚めた、ともいえるでしょう。

成田　現在でこそ、ガマの問題が沖縄戦の中で重要であり、そこから沖縄戦全体を捉えなおそうという考察も出されてきていますけれども、ノーマさんはこの時点で早くもガマに着目されていますね。

ノーマ　はい。知花さんが、どうしても案内をしなければならない場所、とご自身で感じておられていたようです。今は修学旅行のコースにも入っていますね。

岩崎　沖縄に行くことに強い葛藤を感じておられたというのは意外でした。それで、最初にいらっしゃった時はどんなお気持ちだったのですか。

ノーマ　それをお話しする前に、私の少女時代の世渡り術についてもう少し説明させてください。家のなかや近所では日本人として振る舞い、周りにもそう認めてほしい。そのかわり、学校のアメリカ社会では、完全にアメリカ人、つまり白人、と認められるのに懸命でした。実際、どっちに行っても外人視されてしまったのですが。

ですから沖縄に行くということは、そういう自分と向き合う決心を要したわけですが、果たしてどこまで自覚していたか。むしろ、知花さんの行為、彼をそこに追い立てた集団自決とガマの歴史の強烈さによって、自分のなかにあった沖縄に対する、というより、沖縄を体験することへの抵抗が吹っ飛ばされた感がありました。今から思えば、集団自決や知花さんの行為に向けられた批判が、子どものころからゆっくり台頭していた、日本社会の窮屈さ、抑圧性に対する反発とつながりはじめていたのでしょう。

私の中に、一方ではこうした反日感情があり、他方では読谷村のトリイ・ステーションのゲートを見て、見事に反米感情も掻き立てられました。たしか、私がはじめて見たとき、トリイ、つまり鳥居の形をしたゲートですが、トリイの上部、水平の柱の間に富士山が描かれた「額束《がくづか》」までありました。小学生のころすでにもどかしく思っていた安易な「親善」の表現がいらだたしかったのと、鳥居と富士山とは日本・ヤマトの文化、支配体制の象徴であって、それを沖縄に持ってくるとはなんたる浅はかさと、うんざり。ひょっとしたら意図的な選択かも、と思ってもみましたが、すると単純に憎らしくなる。かなりねじれた感情ですが、図式的に整理してみると、こんなことでしょうか。

戦後の子ども期——ワシントンハイツの幼稚園に入ったのが一九五二年、サンフランシスコ講和条約発効の年——には先ほどお話ししたコンプレックスを交えた反米感情があった。同時に、日本人社会が向ける差別の目と、大きくなるにつれて増してくる窮屈さからくる反日感情が、沖縄と出会うことによって、個人的なレベルを超えて社会化、歴史化された、ということかもしれません。アメリカ対日本の枠組みでは反米になり、日本対沖縄の枠組みでは反日、となるわけで、知花さんの行為に当てはめると、集団自決も日の丸焼却に対する批判も、日本(軍)の責任でもあるが、沖縄が内面化してしまったヤマト的なものの反映でもある、と感じ取ったのだと思います。

でも、当然ですが、こうした図式で、ある土地やそこに暮らす人々を捉えきることは到底できません。基地が生み出した地主の富など、とても気になる問題もありますが、日常的なレベルでは、子どものころ嫌いだったランチョンミートやスパムといった、得体の知れない安価な肉製品が沖縄の食生活に入っていたり、実際地元の人と米軍人と、音楽を通して、酒場などで好い交流があったりすることも知りました。知花さん自身、たしかグリーン・ベレーとも交流していて、なるほど、さすが、と驚嘆しました。私自身には欠けている感覚だからです。

遅ればせながら、ここで私の反米意識の階級性を認めなければなりません。小学校五年を終えて、父がアメリカに帰国したため、私はワシントンハイツの学校から私立のアメリカン・スクールに移りました。当時は中目黒でしたが、高校の途中で三鷹に学校が移り、立派な校舎が新築されました。基地の学校に通う資格を失ったための転校ですが、そこには階級的シフトがありました。母はかなり前からこの日を予測していたのでしょう、基地の学校は宿題を出さないのに、家でいつも勉強させていました。「ノーマちゃん、軍の学校に来ている人たちはあまり勉強熱心じゃないけれど、同じようにしていると後で困るわよ」という意味のメッセージを発信していたように覚えています。

中目黒のアメリカン・スクール――ここはケネディ大統領が駐日大使に任命したE・ライシャワーの母校でもありますが――に行くと、大学教授の子どもや、外交官の子どもが通っている。一番貧しいのは宣教師の子どもですが、宣教師は宣教師で、学歴のあるひとが多く、ミッションに送られてくる古着を着ていても、文化的資産があった。学校が三鷹に移ると、近くの府中市に「関東村」という米空軍の居住施設があって、そこにも学校ができました。その学校に対して、アメリカン・スクールに通う私たちはなんとなく優越感を抱いていたような気がします。

こうした環境、つまり、非常に狭い、特殊な環境で中学、高校を経てアメリカに渡った私は、正統な英語以外耳にしたことがなかったため、本当にびっくりしました。国語の時間――教科名はランゲージ――で教科書に×がついた例文を見るたびに、こんな話し方するひとなんていないのに、と不思議に思ったものです。ところが、カリフォルニアにはいたんです、そういうひとが、たくさん。再会した父の英語もその類でした。すると父、進駐軍、勉強しない軍属の子ども、そしてマトモな英語を話さないアメリカに暮らすアメリカ人、がつながってくるんです。子どものころのコンプレックスを交えた反米意識に階級的要素が加わってくる。それは優越感であっても、かなりあやふやなものでしかないのです。なにしろ自分は弱い、英語が話せない子、日本人女性の子、という意識が原体験ですから。

知花さんの行為に惹きつけられて沖縄に向かったとき、こうしたもろもろの体験の痕跡があったことが、今おふたりと話しているうちにわかってきました。すべてについて多かれ少なかれ言えることですが、歴史的トラウマに出会うときも、その場にどういう意識で赴くかによって体験がまったくちがってくるはずですね。

ちょっと脱線しますが、数年前、青山学院高等部の英語入試問題が話題になったことが思い出されます。問題は英文で書かれた「私」の沖縄修学旅行体験――教諭のひとりの実体験に基づいたものらしいのですが――の感想を読ませて、それについての質問に答えさせる、というものです。「私」はガマに入ったときの恐怖に比して、ひめゆり平和祈念資料館のなかで、学徒だった語り部の話を聞いていると退屈になり、ガマの印象も薄れてしまった、と書いています。二〇〇五年二月に実施された入試問題が六月になって全国紙で取り上げられる。二三日の慰霊の日を前にして、話題性が見出されたからでしょうか。ともかく、「感想文」の「退屈」という表現と、なぜ「私」が語り手の話を不満に思ったのか、という設問に対して、「話し方が気に入らなかった」を正解としたことがくり返し問題になりました。結局、学校側は沖縄に出向いて謝罪する一方、ネット上では、マスコミが問題の一部だけ取り出して批判したことがかなり攻撃されたようです。

たしかにこの件はそれなりに複雑なんです。「私」が語り部の話を退屈に感じたとしたあとに、彼女がいろいろな場で同じ話をしていて、とても語り上手になっていたことが裏目に出てしまった、という流れです。出題自体の問題性やマスコミの安易な取り上げ方も気になりますが、この上手すぎる語りという指摘には大切な課題が秘められているように思います。被爆体験者であれ、元「従軍慰安婦」であれ、語り部となるにはよほどの決心が必要とは、自明のことに思えますが、その自明性がそもそも問題かもしれません。ともかく、人前で辛い体験を語るとき、生身の自分を出すのではなく、一種型にはまった語り口ができあがってくるのも自然じゃないでしょうか。それが繰り返されるうちに、文字通りパフォーマンスになっていくのも容易に理解できます。

プロの俳優さんは、同じ場面をなんど演じても、観客を泣かせることができるんですね。もちろん、歴史の語り部と聞き手との関係と、舞台役者と観客との関係が同じだと言うわけではありません。舞台を観に行く人はお芝居と百も承知しながら、泣かされることを期待して行くわけでしょうし、語り部の話を聞く人は、自分の目の前にいる人間が信じがたいことをほんとうに体験して、それを虚構抜きに伝えてくれることを期待するはずです。それぞれの年齢や体験によって、自分の過去と重ねて泣いてしまう人もいれば、まったくかけ離れた人生でも、泣いてしまう聞き手もいるでしょう。あるいは、突き放して聞く人もいるでしょう。

こうしてみると、人に想いを伝えることがどんなに大変なことかと、つくづく感じます。それは伝えるほうの問題でもあるし、聞き手の問題でもある。どうしたら主体的な聞き手になれるんでしょう。それは平和教育にとって無視できない課題ですよね。このひめゆり・英語入試事件が起こったとき、どうしたら生徒たちが違った聴き方ができただろう、と考え込んでしまいました。自分たちよりはるかに年配で、それこそ信じがたい体験をした語り部の立場に立ってみるのは不可能かもしれない。でも高校生なら、いや、中学生、小学生であっても、辛い体験はしている。自分にとっていちばん辛かったことをクラス全員の前で話すとしたら、しかも、いちどではなく、いろいろな学校でおなじことを話さなければならないとしたら、どうするだろうか、想像してみるだけでも意味があるのではないか、と考えてみました。

とはいえ、語り部の語り口は別として、この試験問題が示唆する共感能力の低下がどうしても気になります。原因はさまざまでしょうが、やはり現実として直視しなければならない。「若いひと」の無関心を嘆いてもはじまらない。最近、「分析的マルクス主義」哲学者といわれるG・A・コーエンの絶筆となった『社会主義ではなぜダメか？』(*Why Not Socialism?* Princeton University Press, 2009)という手のひらに載るほどのかわいらしい装丁の本を読みましたが、そのなかで、「社会主義は人性に適うものか、とくに資本主義によって形づくられた人性に適うものか」という問いが出てきます。例えば人間形成がバブル期に重なった先生と、格差社会のなかで育ってきた生徒に、どんな戦争体験の享受が可能なんでしょう。

成田　これは戦争経験をどう語り継いでいくか、その語り継ぎ方もまた転換点に差し掛かっているということに関連してきますね。背景が分かっていれば、問題を共有したところから出発できるわけですが、それがないところで戦争の経験を伝えていかなければならない、そういう転換点での軋轢だったというように思います。

ノーマ　そうですね。このひめゆり・英語入試事件がなぜ引っかかったか、ある背景があるんです。ひとむかし前、というと一九九五年、戦後五〇年のことで、たまたま広島からシカゴにおいでになっていたヒバクシャの方が授業で話してくださることになりました。彼女はアメリカで被爆体験をご自身で、通訳を介さず語るために英語を勉強された方です。

その時の学生の感想はいまもよく覚えています。ある院生は、あれはパフォーマンスだったからこそ聞いてもいいんだ、聞くことが許されるんだ、と思ったそうです。そうでなければ、生身の人間が目の前であんなむごたらしい体験を語るのを聞く「資格」が自分にあるとは到底思えない、と。このヒバクシャの方は必要な英語を暗記して、台本こそないけれど朗読するような感じで語られたので、お金を出してチケットを買って劇場に入ったつもりでお話を聞いた、と説明を加えていました。

成田　ああ、とても複雑な気持ちに襲われますね。

ノーマ　そうなんです。別の院生は、これはノートを取っちゃいけない話だ、と思った、と言いましたが、ノートを必死に、一言も逃さないように取らなければ席についていられなくなりそうだった、と言う学生もいました。この学生が韓国系アメリカ人だったことも印象的です。ここ五、六年行なっている原爆の授業では、韓国系アメリカ人の学生のほとんどが親たちに原爆投下の正当性を教わっていますから。

成田　この問題は、例えば長崎の原爆の問題に触れて、ノーマさんが『天皇の逝く国で』のなかで言っておられることですが、観光という論点と結びついてくるんですね。

ノーマ　広島や長崎に観光で行っても、何か衝撃を受けて、それが心のどこかに残って、いつか振り返る機会があるかもしれない。それを期待したいところですが、観光モードにながされてしまうのでは、と思ってしまいます。グッズが出たりしますとね。

成田　長崎の話になりましたので、うかがいたいのですが、本島市長が天皇の戦争責任について発言をし、それに伴って狙撃を受けた。ノーマさんが関心を持たれたのは、戦争責任に対する発言の方でしょうか。それとも、それが銃撃を伴ったという事柄の重なりでしょうか。

ノーマ　銃撃は本を書き終えた時点で起こったんです。天皇が病に臥してからの自粛ムードはすごかったですものね。もうあの強烈さを思い起こすのも難しくなりましたが、やはり、あの時期に発言したことがすごいと思いました。ですから、発言に対する驚きと敬意があって、どうしても取り上げたいと思いました。

成田　本島市長のところに寄せられた手紙を出版するという話にも触れていますね。

ノーマ　中谷さんのところでは生の筆跡に出会って衝撃を受けましたが、こちらは活字でも十分衝撃的な内容でした。数にも圧倒されましたし。径《こみち》書房から出た本のタイトルはまさに『長崎市長への七三〇〇通の手紙――天皇の戦争責任をめぐって』(一九八九年)。あの時期、どれだけの日本人が自分の昭和史を振り返っていたかを伝える大切な記録になっています。本島市長の発言が引き起こした歴史的な産物でしょう。

三　源氏研究と『天皇の逝く国で』をつなぐもの

岩崎　『天皇が逝く国で』が出た当時、ちょっと驚いたんです。ノーマ・フィールドというのは一体どういう人なんだろうという印象を持ったことをよく覚えています。非常に豊かな言説で戦後の問題をこれだけ鋭くとらえる新しい人が出てきた、しかも、それ以前のさまざまな語り手たちからちゃんと切れているというところ、それが驚きの理由だったんですね。ノーマさんの源氏研究を当時は全然知りませんでしたので。

ただ、源氏研究の段階と、『天皇の逝く国で』とでは、かなり局面の転回があるように思うのですが。

ノーマ　シカゴ大学に就職したのは一九八三年、教え始めたのが八四年。だれも江戸時代以前に遡る研究はしていませんでした。そういう環境で古典をやり続けるしんどさを早い時期に実感しましたね。なにか学ぼうとするとき、話し相手が欲しいじゃないですか。メールもインターネットもない時代で――まあ、あっても多分満足しなかったと思いますが――孤立感が深かった。それと、当時のシカゴ大学の日本研究はすでに理論中心主義的な傾向が顕著でした。そこから学ぶことは限りなくありました。でも、こうした傾向になじもうとするなかで、「実在する」さまざまな日本人、変貌する日本社会を具体的に捉える余地が見出せなかったし、なにを基準にして理論と称するかも疑問でした、一方では。

他方、源氏のような濃密な文学作品と付き合っていると、一〇〇〇年もの隔たりがあっても、そこに描かれた人の心の動きや生活態度によって自分の感性や知性も少なからず影響されます。イデオロギー装置としての古典の効果、とでもいってしまえばそれまでのことですが、そうして片付けてしまうことにもあまり意味を感じませんでした。でも、どうにかして周りの人たちと対話が持てるような研究がしたい、という悩みは持ち続けていました。「天皇制」が鍵ではないか、と思っていたところ、サバティカルの年が回ってきて、昭和天皇が倒れたわけです。

成田　今度、翻訳された源氏物語の研究『源氏物語、〈あこがれ〉の輝き』(みすず書房、二〇〇九年)を拝見すると、ノーマさんは「私」を前面に出さないで分析されていたように思います。ところが、『天皇の逝く国で』は、むしろ逆に複雑な存在である「私」を重要な軸として、三つの地域に、あるいは異様な自粛ムードの中に入り込んでいかれる。「私」を書き込むという作法を見ていると、源氏物語研究と『天皇の逝く国で』の間に、ある種の飛躍を感じるのですが。

ノーマ　そうですね。おっしゃるとおり、かなりの飛躍がありますが、『天皇の逝く国で』は紀行文、日本では長い伝統のある紀行文の形式を借りてもいます。それなしには、私自身が観察し、感じたことなど、なかなか盛り込めなかったでしょう。ではなぜそうする必要があったか。取り上げた三人の方々――本島市長はちょっと違いますが――知花さんと中谷さんを地域や人間関係のなかで描く過程で、お二人の個人的な側面にもずいぶん言及しています。すると、観察する自分も同じように読者に見えるようにするのがフェアじゃないか、という感覚と、情報レベルでもそれは重要ではないか、と感じたのです。

また正直言って、登場するお三方とそれぞれの行為や運動を理解しようとするうちに、私自身を形成した背景を見つめることなく成人してしまったことが、自分のかなりの欠落に思えてきました。ひときわ目覚めるのが遅かったのが、先ほども触れた階級性です。アメリカ国籍しかない、つまりアメリカ人であるのに日本の生活しか知らない。そこで決定的に問題になるのがナショナル・アイデンティティです。戦後日本の風景に点在するアメリカ人は、体が大きく、いばってて、ひとりひとりアメリカの絶対的優位を具現するかに見えました。ですから、アメリカは国というより巨大な化け物みたいで、全く分節化されていなかった。階級なんて意識できるはずもありません。完全に国民国家的な序列に組み込まれていましたから。

ワシントンハイツの学校に行けば、わずかな数ですが、黒人の子どももいたし、日系人の子どももいた。どうしてか、黒人の子どもは遠い存在に思え、ずっと身近で私にとって脅威だったのが日系人の子ども。私と違って顔はちゃんとした日本人だから得しているなと思いつつも、日本語を知らない、これはどういう人間なんだろうと思ったことを覚えています。ですから潜在的にはエスニシティや人種の問題にぶつかっていたんですが、理解しようとすると、全部アメリカ人に収斂されていましたね。

成田　私が通っていた小学校がワシントンハイツの近くにあったのですが、そこにも占領軍のアメリカ兵と日本人の女性との間に生まれた同級生がいました。

彼はノーマさんと同じ境遇に生まれたけれども、「日本人」の学校に通って、「日本人」としての教育を受けていた。でも、やはり周りの見る目が違いましたね。家が近かったこともあり、私は彼とは仲良しだったのですが、それでも例えば話題がアジア・太平洋戦争のことになると、何か違うなあという感覚を子どもなりに持っていました。その時は、本当に無自覚だったのですが、今ノーマさんの言われたことのちょうど裏返しの意識があったと思います。つまり、彼を同級生として、仲良しの「日本人」として見ているのですが、ある時には「アメリカ人」として見ていた……。

ノーマ　そうですね。エリザベス・サンダースホームという施設がありましたね、大磯に。沢田美喜さんが設立した、「進駐軍」男性と日本人女性の間に生まれて孤児となった子を収容するものでした。沖縄を避けていたもう一つの理由は、エリザベス・サンダースホームの話を母から随分聞かされていたこともあります。「言うこと聞かない」と、そこに送り出されてしまうのが怖かったのと、自分がそこにいる子たちにかなり似ているような気がして、必死に区別をつけようとしていました。きっと沖縄に行ったら、そういう子にたくさん出会わなければならないんだろう、と潜在的に思っていたんでしょう。ワシントンハイツのヨヨギ・スクールやアメリカン・スクール在学中、私のような子は意外と少なかったんです。

もう一〇年ほど前になりますが、島袋まりあさんという、主にアメリカ育ちで、今は研究者になってカリフォルニア大学リバーサイド校の助教授の若い女性に、東京に住む「ハーフ」の男女五、六人を紹介していただいたことがあります（ちなみに、私が子どものころは「ハーフ」ではなく、「混血児」か「あいのこ」が一般的に使われていました。よく「あい」は「愛」の意味なのかな、と思ったことがありました）。みなさん沖縄が背景にあったわけではないでしょうが、ともかく沖縄には米軍が戦後ずっといるわけですから、私より年下で、それぞれ、私が経験しないですんだありとあらゆる苦労をされていた。地域の、つまり日本の学校に通い、日本人として教育されて、特別な英語能力があるわけでもないのに、いつも「英会話教えて」と求められてきたようです。お話を聞きながら、私がアメリカの学校に行かされたことによって、どれほど優遇されたか、身につまされる思いでした。母の理屈では、日本国籍がない故にアメリカの学校に行かせるしかなかった、ということでしたが。

岩崎　なるほど。そこにも世代ということがあるのですね。近年は「ダブル」とか「アメラジアン」という新しい表現も作り出されていますが、文化の境界を生きなくてはならないことが、当事者である子どもたちにとってはとても過酷な試練であって、その格闘の経験のなかから、逆に深い洞察に突き抜けていったのでしょう。国民国家に呪縛された発想を打ち壊したときには、むしろ、この厳しい文化的な境界を生きるというあり方のほうが、かえって普遍妥当性をもつ出発点かもしれない。

さて、ちょっと話を戻しますが、『天皇の逝く国で』は三人の人物の生き方に関わっているとともに、とにかくあの時期の自粛ムード、歌舞音曲から何から何まで、正体不明の締めつけとそれへの過剰同化が起こりましたが、あの閉塞感と気持ちの悪さを言語化したテキストとしても傑出していたと思います。あの時間性が、これからもいつなんどき再来してくるか分からない。

ノーマ　はい。でもどうしたらいいんでしょうね。自粛とはちがった、断片的な形で、共謀罪法案が繰り返し国会に提出されたり、立川の反戦ビラ配布事件の判決などあったりする一方、自衛隊が自然災害のとき出動する光景に人々が慣れていく。でも、いまとくに気になるのは格差社会の影響です。経済的締めつけは、いろんな風に人々の意識にはたらきかけますものね。

成田　そうですね。ノーマさんは『天皇の逝く国で』の中で、自粛を日常性の抑圧と重ねて解釈されていると思います。日常の中で、お互いがお互いを見ながら萎縮していくというのが自粛なんだと。その点で言うと、ビラ事件や共謀罪の問題はもちろんですが、靖国の問題でも、首相の公式参拝をきちんと批判できないようになってきているのはひとつの兆候ですね。異様と思われる自粛の空間のなかに、普遍的に考えなければならない問題が含まれているというのがノーマさんのメッセージだったように思います。もうひとつ、『天皇の逝く国で』では、「抵抗」という問題を前面に出したことも重要な点ですね。

ノーマ　そのように受け止めていただけてうれしいです。『天皇の逝く国で』の旅は、日常的に感じていた窮屈さと大きな政治の課題をつなげる旅でもありました。日常的な締めつけに対抗するには日常的な場、日常的なことばやジェスチャーを模索しなければならない。勇気とともに想像力が必要となりますね。

ところで、『天皇の逝く国で』と源氏研究との関係で言えば、一九八〇年、学位論文を書くために夫と子どもとともに日本に来ましたが、そのとき出会ったのが「物語研究会」、「ものけん」という会でした。「ものけん」は、戦後最後の大規模な社会運動の担い手だった全共闘世代の人たちが立ち上げた研究会で、それはそれは新鮮で刺激的な場でした。「ノー・モア・ヒロシマ」

をもじった「ノー・モア・ゲンジ」という言葉さえ、源氏研究を中心に据えた会で耳にすることができたのですから。そういう場で源氏を研究することは、全共闘的意識を引き受けることでもあった。それが確たるものであったかどうかは別として、国文学という保守的な世界を変えていくんだという意気込みが感じられました。そして、「先生」という表現を排除していた。これはとても重要な実践だった、といまでも思っています。

四　大学時代・六八年フランス・ベトナム反戦

岩崎　ノーマさんご自身、大学三年生の時に一年間パリにいらしてますね。その時の記憶が、全共闘世代の人たちの持続する抵抗という問題意識と絡まりあっているのでしょうか。

ノーマ　パリではなく、東北部にあるブザンソンという町でしたが、おっしゃることには間違いありません。六〇年安保の時はまだ中学生で、反対運動を支持する母親や祖母の反応を通して報道を理解しようとしていました。しかし、アメリカン・スクールでの風向きはかなり違っていて、先生の顔色を一所懸命うかがっていました。相変わらず二重生活だったんですね。一九六五年に高校を卒業して、アメリカに渡りますが、そこで日本の状況がほとんどわからなくなり、ベトナム反戦運動も盛り上がる前にフランスに行きました。六七年から六八年にかけてです。

私が入ったのはブザンソン大学(現在は地域の大学を合併してフランシュ＝コンテ大学)といっ

て、中世からこの地に高等教育施設としてあったようですが、学生数が膨張したのは戦後、とくに一九六〇年代から七〇年代にかけてのことで、日本の旧帝国大学以外の新制大学と状況が重なるかと思います。つまり、庶民の子どもが大学を目指し、大量に入学して、そこでの待遇に不満を抱き始める、という構図です。そこにベトナム戦争、さらに日本では七〇年安保、という条件が重なる。私は南カリフォルニアに一九六三年創立の女子大(ピッツァー・カレッジ、現在は男女共学)に入学していて、そこでは学生自治というより、学生がすべての領域に参加して大学を一から創る、という前提がありました。まぁ、創立一〇年ぐらいまではそんな感じだったでしょう。ですから、教室ではもちろんのこと、何でも疑ってみるのが常識とされていました。

ところがフランスに行ってみると、何十年も使われてきたことが一目瞭然の講義ノートを教授がただ読み上げるような授業がほとんどで、それにはびっくりしました。さらにびっくりしたのは学生の態度で、授業中は沈黙を守り、あとは図書館でノートを清書するんです。しかも、定規と色違いのボールペンを丹念に使い分けながら。ですから「五月革命」が起こった時、当然すぎるほど当然に思えました。

学生たちの不満は身近なところ――たしかきっかけはナンテールのパリ第十大学の学生寮の男女交際に関する規則に対する抗議――から始まり、戦後社会の方向性を問い返すものに広がっていきました。多くの労働者も抗議に参加して、フランスは一時ゼネスト状態に入った。それがどれほど希有なことか、歴史的感覚を欠いていた私には認識できなくて、もったいないことをしてしまったと、以後ずっと思ってきました。ブザンソンでも毎晩大学に籠もり、校庭の芝生でチーズにパン、ワインを飲みながら抗議演説を聴き、法学部と医学部の「ファッショめ」の攻撃に備える、という数日間がありました。そうしたある晩、ひとりの教授に「マドモワゼル、あなたはこれからアメリカに帰って、革命の方法をアメリカ人に教えていらっしゃい」と言われました。その時点ですでにアメリカ各地で、反戦運動を機に、軍事産業と大学の結託、差別の構造などに抗議し、大学がストに入っていたので、この先生なに考えてるんだろう、さすがフランス人、なんでもフランスが進んでると思い込んでるんだから、と思いました。

あれから四半世紀も経って、フランスは今でも抗議が起こりやすい社会に見えて、うらやましさを禁じ得ません。労働者であれ農民であれ、高校生もデモに参加しますものね。ストライキも打つし。そこが今のアメリカや日本とはかなり違っているように思えます。

成田　そのあたり、本としては、『天皇の逝く国で』のあとに日本語で出された『祖母のくに』（みすず書房、二〇〇〇年）に触れられていることですね。日本の論壇に彗星のように現れたノーマさんのバックグラウンドが、この本の中で少しずつ明らかにされていくわけです。

この『祖母のくに』はご自身が日本語で書いたものと、英文で書いて翻訳されたものとが組み合わさってできていますね。

ノーマ　つまり、英語では存在しない本なんです。

成田　ということは、英語圏の人にはまだノーマさんのバックグラウンドは謎のままかもしれませんね。順序を追ってうかがいますが、フランスに留学される前に、カリフォルニアの新設の大学に入られたわけですが、その時の専攻は何だったのですか。政治学ですか？

ルシアン・マルキ先生

ノーマ　ヨーロピアン・スタディーズという漠然としたものでした。新しい大学で、伝統はこわすためにあるもの、という雰囲気が濃厚でした。その一環として専攻というか専門があまり重視されなかったんです。だからこそ「ヨーロピアン・スタディーズ」みたいな広い枠があって、私はその恩恵を受けることになります。というのも、哲学にかぶれていて、フランスに留学するまでは哲学を専攻しようと思っていたんです。ところが、フランスで哲学の講義を受けてもさきほどお話ししたような内容で、身が入らなかったのと、五月革命の体験をどうにか自分なりに理解したいと思って、カリフォルニアに戻って、指導教官になってくださったルシアン・マルキ先生にお願いしたところ、ヨーロピアン・スタディーズの専攻生になったわけです。

マルキ先生は一応政治学の専門家でしたが、それはふつう英語でいうポリティカル・サイエンスではなく、ポリティカル・スタディーズでした。従来の専門、ディシプリンを重視しないからといって、創立期に集まった先生たちはそれぞれこだわりがないわけではなく、政治はサイエンスの対象ではなく、「スタディ」されるものとして位置付けられていました。マルキ先生は短編小説をいくつか残すような人でした。ドイツ・フランス・イタリアで育ち、一七、八歳でロサンゼルスにたどり着いた、ナチスからの亡命者です。実業家のお父さんは、トランクをいくつも船に積み込み、パナマ運河経由の豪華な亡命の様子を8ミリに収めるほど裕福な境遇にありました。フランスから帰ってきた私が今度の運動は理の支配への「ノン！」の意味もある、とやや誇らしげに先生に伝えたところ、「僕たちは理を求めてナチスから逃げてきたのにな」と静かに言われたことはいまでも忘れられません。

ブラック・マウンテン・カレッジってご存じでしょうか？　東海岸の南寄り、ノース・カロライナ州の片田舎に一九三三年創立された、アメリカの教育史と文化史に多大な影響を及ぼした大学です。ナチスが権力の座について多くのユダヤ系芸術家や知識人がドイツを去る、という時代背景を受けて、この大学は芸術をカリキュラムの中心に据え、教員も学生もひとつの共同体となって食物の栽培や調達と調理、家屋の建設と維持を担う、という原則で運営されました。約四半世紀しか続きませんでしたが、教員には作曲家のジョン・ケージやダンサーで振り付け師のマース・カニンガムや詩人のチャールズ・オルスン、美術家のジョゼフ・アルバース、ロバート・ラウシェンバーグ等々と、錚々《そうそう》たる人材が集まっていました。

マルキ先生はそうした環境で学び、ステンドグラス・アーチストでアルバースの弟子だった奥さんと出会うことになります。ふたりとも、ブラック・マウンテン時代を一生でいちばん幸せなとき、と記憶しています。そして、生涯をとおして、教育の理想的姿をブラック・マウンテンに

かつてのブラック・マウンテン・カレッジの校舎

見出していました。

　戦争になって、マルキ先生は志願しようとしますが、最初は敵国の出身者として拒否されます。そこで何人か、あの著名な教授連から推薦状を貰い、入隊に成功します。インディアナ州の連隊に入り、そこで出会った気のいいアメリカ青年たちととても親しくなるんですが、彼らに施された教育がどうにもこうにも悲惨に思えて、彼は教育の道に進むことを決意する。きっと軍隊で出会った田舎の青年たちのためにも自分が受けたような豪華な教育を望んだのでしょう。彼らがそういう教育に適していない、とは決して考えなかったと思います。むしろ、そのために補習が必要、と思ったのでしょう。二〇〇五年にこの先生は亡くなりましたが、こうして振り返ってみると、彼は民主主義のゴージャスな姿をイメージしていたような気がしてきます。

成田　それ自体が大変なドラマですね。そういうプロセスを踏みながら、ノーマさんは、でも日本文学研究のほうに、さらにシフトされていくわけですね。入り口になったのは、夏目漱石の翻訳でしたか？

ノーマ　『それから』の翻訳は大学院に入ってからのことなので、まだしばらく回り道が続きます。大学四年生のときに結婚しました。卒業は一九六九年、ベトナム戦争のまっただ中で、徴兵制度もある。当面は教職に就けば猶予されるので、その道を選びました。でもその制度もその年が最後でして、結局、くじ引きが実施され、夫は幸運にもくじ運がよく、ベトナムに行かなくてすみました。くじの結果がちがっていたらどうなっていたでしょう。ベトナムには絶対行かない、と決意していましたが、このごろになって、人間は実際瀬戸際に立たされたとき、どういう選択をするか断言はできない、と思うようになりました。

ともかく、そのころ、多くの若者が教員になり、教育現場が思いがけなく潤った、と当時評価されていたようですが、今はまた不況のため、似た現象が起こっています。当然未経験で、教員になる資格もない若者がどういう体験をし、何を提供できたのか。何割ぐらいが教室に残ったか、など知りたくなります。

ベトナムの戦場や他国への亡命とは比べものになりませんが、教員生活は私たちにとってかなり厳しい体験でした。夫はニューイングランドのメイン州、つまりアメリカ北東部、しかもカナダとの国境にほど近い片田舎の人口九〇〇の町で小学六年生を受け持ちました。たまたま新学期スタートの前の週に副校長が町を去ってしまったため、私は彼が受け持っていた高校の授業二つの代行教員として、途中からは正教員として教えることになりました。ふたりとも反戦が常識みたいなリベラルな大学から突如僻地の学校に入っていったわけです。批判的な言葉を漏らしたとたん、周りの人たち、子どもの親などから反発があるか、少なくとも不審な目で見られるような現場でした。一瞬にして大学の世界の狭さを見せつけられた、いい経験でした。

岩崎　授業で子どもたちにベトナムで起こっていることを率直に語ったので、リアクションがあったということですか。

ノーマ　いろいろでした。私が受け持ったのは“Problems of Democracy”「民主主義の課題」とでもいいましょうか、アメリカを対象にした社会科で、時事的な話題も取り上げます。ひとりだけ、お兄さんがベトナムに行っている女子生徒が授業で物静かに、しかしはっきりと戦争反対を表明したのが印象的でした。他にも兄弟か親戚がベトナムに行っている子がいたと思いますが、教室はシーンとしていました。いまでもその生徒の顔と名前を覚えています。彼女は町のエリートに属してはいませんでしたが、優秀な生徒でした。町のエリートはアングロ系で、材木会社の管理職か国境関係の公務員、それに対してカナダからのフランス系移民の多くは材木切り出し人、という構図です。

夫の場合はちがった角度から政治姿勢が問われることがありました。ご存じでしょうが、アメリカはやたらと国歌を歌い、国旗を掲揚する国です。野球の試合なら必ず国歌が歌われ、ガソリン・スタンドにも星条旗が多数はためく光景をよく見ます。とくに公教育の場合、各教室に星条旗が掲げられていて、旗に向かって忠誠を誓う儀式があります。基地の学校では欠かさずやっていました。さて、夫はどういうわけか、国旗宣誓に馴染んでいなくて、またのんびりしたところもあって、ほとんど忘れていたらしいんです。するとフィールド先生は子どもたちに国旗に誓うことを許さない、という噂が町に広がる。本人の耳にやっと届いてびっくりする始末。そんなことが何度かありました。

岩崎　それはいまや日本でも同じことになっています。国旗国歌法が一九九九年に施行され、しかもそれが実に陰湿に運用されたことで、スポーツ競技や各種のセレモニーでタレントを動員して歌わせたり、議会の議場などに執拗に持ち出されたりと、ひどいありさまです。一番悪質なのは、国旗国歌が、教師と子どもたちに対して踏み絵として使われる公教育の現場です。でも、アメリカがモデルなのですね。

成田　まさに日常性の抑圧ですね。

ノーマ　そうです。こういう時期には、ふだん問題にならないこと、口にはしないようなことがぱっと出てくるんですね。新学期が始まってまもない一〇月に、全国的に、いや世界的に戦争反対のモラトリアム運動が呼びかけられ、私たちもなにかしたい、と考えていたところ、ニューイングランドにはタウンミーティングを開催する伝統がある、それをやってみようではないか、と地域の教育長に講堂の使用を頼みに行きました。返ってきた答えはこういうものです。「いいですよ、フィールドさん。でも、それでみんながニコニコして帰るならともかく、ヒロシマの話にでもなったらどうやって責任をとるつもりですか」。こちらは広島について一言も口にしていないんですよ。なぜ彼の発想はそこへいったのか。「戦争」といえば「ヒロシマ」なのか、あるいは収拾のつかない議論の象徴として「ヒロシマ」が想起されたのか。彼の脳裏に「ヒロシマ」が一種のトラウマとしてあったのか。推察するしかありませんが。

成田　やはりベトナム戦争、公民権運動というのはノーマさんにとって強烈な体験なんですね。

ノーマ　私は端っこに引っかかっていた程度です。多分これは間違っていないと思いますが、公民権運動はベトナム反戦運動によって影が薄くなってしまったんです。人種と階級が重なる問題です。反戦運動はやはり、徴兵制度があったからこそ、夫のように大学に行ける青年、つまり中産階級が立ち上がった運動です。戦争と貧困は複雑に絡み合っていますが、徴兵は一見平等にみえても、差別と貧困に悩む層にとって負担が加重されることもたしかです。そもそも公民権を部分的にしか認めない国家であるために、大量のマイノリティが血を流すという、たいへんな不公平が根本にあるわけです。ともあれ、徴兵は中間層を駆り立てる力があるだけに、制度として廃止され、イラク・アフガン戦争が長引き、志願者数が足りなくなっても、復活していません。ですから今の不況は戦争維持のためにありがたい条件になっています。

ベトナム戦争当時に話を戻すと、公民権運動が中途半端な形で先細ってしまったことのツケはまだまだ残っています。でも当時はなかなかこういうことが見えませんでした。そこへいくとマーティン・ルーサー・キングのビジョンはすごかったと思います。ベトナム戦争を早い時期から、経済的側面とともに「植民地支配」が意図されている、と批判していましたし、殺害される前年あたりから、差別の弊害に対する闘いの次に、貧困に対する闘いが必要だとして準備にかかっていました。もちろん、非暴力の理念を貫いて、です。議会に「経済的権利章典」の可決を求めていた途中、暗殺された。それが一九六八年四月。五月には、黒人、ヒスパニック、ネイティブ・アメリカンとひと握りの白人がキング牧師の「貧者のキャンペーン」構想(Poor People's Campaign)を引き継いで、ワシントンに結集し、テント村を立ち上げた、「復活シティ」(Resurrection City)と称して。ワシントンの大理石の建物との対比を想像すると、ぞくぞくします。

二〇〇八年の暮れに厚生労働省の目と鼻の先に出現した「年越し派遣村」と発想が重なるかもしれません。復活シティはフランスで学生と労働者の運動が盛り上がるのと時期は同じです。メイン州の大学に行っていた夫は地元のネイティブ・アメリカンの「酋長」をボストンまで送り届けています。そこからリレーでワシントンまで行くわけです。夫はこんなふうに公民権と正義の運動にかかわっていましたが、私はそういう場にいませんでした。

成田　階級と人種の複雑な絡み合いだと思いますが、ノーマさんは、そこにさらにジェンダーの問題を摘出することになりますね。

話を元に戻しますが、そういったプロセスを経て日本文学研究に行かれるところをもう少しお話しいただけますか。

ノーマ　先ほども言いましたが、大学はアメリカで三〇年ぶりに新設された女子大で、社会科学と行動科学を重視することで特徴を出そうとしました。文学の授業を受ける機会はさほどありませんでした。そこに私の目が向いていなかった、と言ったほうが正確かもしれません。もしかすると、文学研究に進むことは、自分が心の中で大事にしてきたものを壊すことだと直感していたのかもしれません。それでも自分は文学だなっていう気持ちはあり続けたと思います。同時に日本があった。遠く離れていて——当時はいまほどたやすく太平洋を横断しませんでしたからね——ましてやアメリカ人と結婚した後、日本との関係がどんどん希薄になっていくのが目に見えていました。それをつなぎ止めるには文学だろうな、と思ったわけです。

大学を卒業して二、三年経つと、焦りが出てきて、勉強の生活に戻ることになります。文学をやるなら古いほうから始めないとその先がわからないだろうという安易な考えで、古典のほうに進みました。それと、子どもの頃、聞き慣れていた百人一首の言葉が実に美しく思えたこともありました。夫はロー・スクールで法律を勉強して社会変革に寄与しようと決心していました。三年ほどしか続きませんでしたが、かなりの数のそういう若者が当時ロー・スクールに行ったと思います。

二人とも共通に受かったのがインディアナ大学。そこで私は日系人、ケネス・ヤスダというカリスマ的な先生に恵まれました。詩歌が専門でしたが、謡曲の翻訳にも打ち込んでいて、彼を通して能楽論に出会いました。芸人、職人、いまでいう詩人やアーチスト、つまり実践家の理論立てである中世の「芸術論」に惹かれ、とくに総合芸術ともいえる能楽の「論」に夢中になりました。修士論文もそれで書きました。

成田　能楽論で修士号を？

ノーマ　そうです。世阿弥の能楽論で。たぶん哲学かぶれしていたころの名残でしょう。

成田　それは、日本語にはなっていないのですね。

ノーマ　なっていません。次のステップが源氏です。

五　戦争と謝罪

成田　『天皇の逝く国で』と深く関わるものとして、『祖母のくに』のなかに、*positions* という雑誌に載せられた「戦争と謝罪」という論文が収録されています。実は恥ずかしいことに、私自身は『祖母のくに』の翻訳が出るまで、この論文を読んでいませんでした。ですから、一九九七年に書かれたものを二〇〇〇年の時点で読んだということになります。居直るみたいですが(笑)、このちょっとの時差に、けっこう大きな意味を感じました。

ポイントとなるのは、ノーマさんが「謝罪」を論点として戦争の問題を考えられている点ですね。しかも「謝罪」ということばに厳密な定義がなされている。まず率直に過ちを認めること、それから、次にそのことに対してどういう行為をとるかということ――これがセットで考えられている。すなわち謝罪をすることが、補償をすることとセットとされ、問題が提示されています。こうした問題提起が九七年の時点でなされていることに、あらためて感銘を受けます。

ノーマ　謝罪について考え始めるきっかけは「従軍慰安婦」問題が話題になったことです。壊された人生に対して、ひとはなにができるのだろう、と切実に考えだしました。それから九〇年代初頭は、誰も彼もが謝罪する時期でもあったんですね。南アフリカでは「真実と和解の委員会」が開催されていたし、クリントン大統領は奴隷制度に対して謝罪する、というふうに。それが細川政権になって、日本があっけなく謝罪したかのように思えました。まったくそうではなかったわけですが。あの論文を書く直接の契機は一九九五年の村山談話ですが、その後かなり長い間温めていて、九七年にやっと書き終えました。歴史認識それ自体とともに、責任をとる、という行為に絡んで、ながく引きずっていた言語至上主義的理論の傾向に対する葛藤があって、私の中にも時差がありました。そこで、逆におうかがいしたいのは、二〇〇〇年に読んだ時点でどんな時差を感じられましたか?

成田　一つは、二〇〇〇年の段階になると、植民地に対する責任問題がはっきりと出てくるということです。「戦争責任」や「戦後責任」に重ねて、「植民地責任」という問題が明示されている。これが一つです。

それからもう一つは、九五年を境にしてですが、歴史修正主義が出てきて、大きな影響力を持つようになった。そのため、戦争責任の問題、謝罪の問題とあわせ、歴史修正主義を批判するという方向性が要求されてきますが、その批判の位相をめぐり、小さな差異が対立を招きかねない事態にあるというのが現在の状況だと思います。

こうしたことをみるときに、私は、ノーマさんが戦争と謝罪の問題を長い射程で考えているところに、この論文の重要な意義があったと思います。戦争責任の問い方自体が、歴史性を有しています。一九五〇年代にはその時代の戦争責任の問い方があり、一九七〇年代の問い方もありました。八〇年代にもまた戦争責任が問われましたし、さらに九〇年代にも問われるのですが、ノーマさんはそれらを総体として、全体を射程に収めて考えられています。これはこの論文の重要な特徴だと思いました。

岩崎　女性国際戦犯法廷が二〇〇一年でしたね。そこを前後して、謝罪に関する議論が複雑になってきました。謝罪をすべきだと考える人々の中にも、分裂がいろいろな形で生まれている。ノーマさんの議論は、ステレオタイプ的なイデオロギーで切っていくのとはまったく逆で、敵をきちんと理解しようとするためにかなり敵に近いところまで寄って行って議論を立てている。そこに非常に深い洞察が生まれていると思うのです。それが強い説得力になっている。

『へんな子じゃないもん』に出てきますが、例えば沖縄の少女暴行事件の時の沖縄の中の反応についても、もっと複雑に事態を見ることを要求されている。謝罪の問題を、単なる政治的な課題であることをもう一歩超えて、たぶん思想として深めることが求められていると思うんですね。

ノーマ　おっしゃるとおり、一九九五年に沖縄で起こった事件はいくつかの角度から捉えなければいけないと思いました。まず、被害者が少女でなかったら、ここまで問題にされなかっただろう、という問題。加害者だった黒人兵士の、本国に残された女性のみの貧しい世帯の問題、など。

補償をふくむ法的処置や政策的対応が絶対必要ですが、謝罪はそれと重なりながらもその領域をはみ出るものですね。取り返しがつかないことが起こったとき、どうしたら日常性が回復できるのだろうか。そこで謝罪という儀礼の役割、つまりことばと身体を要する非日常的な行為について考えようとしたのですが、性的暴力は多面的な悲劇になりがちです。沖縄の事件が象徴的ですが、そこには、米軍対沖縄の住民という構図だけでなく、傷つけられた少女と彼女に向けられた周囲の視線という問題もあるわけです。それはまた謝罪の域を超えるものでしょう。というか、謝罪とは歴史認識や慣習、伝統的価値観とさまざまに関わる課題なんですね。

六　教育の可能性

成田　『祖母のくに』に収められている作品はどれを取っても啓発され面白いのですが、それらを読んでいると、ノーマさんがさまざまな関係性を通して自分を語るという手法をとっていることに気づきます。祖母との関係、義理の父親との関係、そしてご自身の秘書との関係ですね。

ノーマ　そうですね。しかもこうして並べていただくと、どれも上下関係であることにあらためて気づかされます。

成田　でも、この上下関係をずらしたりはみ出したりするということに、とても自覚的であると思いますよ。

ノーマ　上下関係が苦手でして……。

成田　その点は、この本に収録されている「教育の目的」というエッセイにも関わってくると思います。つまり教師として学生にかかわるという非対称的な関係の問題です。上下の関係でありながら、しかしそれを逆転させようという試みを、ノーマさんはずっとされているように見えます。これは教育の可能性を追求するということでもあるでしょう。上下関係が苦手だということは、教育の場面において、こうしたかたちで問題化されているのではないですか。

ノーマ　まあ、そうかもしれませんが、上下関係が苦手というのは、教師として無責任であることをも意味している、という自覚を近年強く持つようになりました。

成田　どうでしょうか。学生に対しては、問題意識を伸ばすと同時に、ときには問題をぶつけて啓発するということもありますよね。そしてそこからノーマさん自身も学んでいくという、上下関係というよりそうした相互関係が、この「教育の目的」というエッセイの中で存分に語られているように思ったのですね。

ノーマ　そう読んでいただけるのなら嬉しいことです。それは理想的な教育の姿のひとつでしょうか。とはいえ、特に大学院生相手の場合、悩みが多いです。院生は年々早くプロになることを要請されているようで、それ自体問題なんですが、就職とそれ以後いかに生き残るか、ということもあります。就職を考えると、どこまで独自の教育を施していいのか迷いが出てきます。主流的な知を継承しながらそれを批判し、自分が生涯をかけることができるようなものを模索する。そういうプロセスを指導するにはたいへんな力量と想像力が必要となります。「先生」を文字通り、「先に生まれた」者として捉えて、その限界と責任を自覚して付き合っていくしかないと、このごろ思っています。

成田　たしかに教育の場においては、壊すという方向と、作るという方向との間のダイナミズムが、深刻な形で出てきますね。学生が持っている概念を壊さなきゃいけない。だけど一方で、作っていくことも同時にしなければならない。そういうなかで、「教える立場」にいる自分は、一体どういう存在なのかということが絶えず突きつけられてきます。教育の場は大きな葛藤をはらんでいるのですね。

ノーマ　もう葛藤ばかりですよ、お二人も体験されていることと思いますが。

フランス史の友人がいて、彼女はこんな実践をしています。大学院生は批判することしか知らない。したがって彼女は授業で、例えば三時間ゼミなら、最初の一時間半はどんな論文であれ、それを読んで得たものについてのみ発言する。後半になってはじめて批判点をあげる、という方針をとっている。この論文はなにを与えてくれたかを考えてみることによって、批判の内容も質もちがってきます。けっこう難しいことですが、ひろく適用すべき原則に思えます。

成田　批判することを教えるというのは、教える立場にいる教師、つまり自分に向かっても批判しなさいという、そういうメッセージでもあるわけですが、実際に学生はそこまでしていますか？

ノーマ　学部生はわりと活発です。反発もしてきます。大学院生はプロになるための弟子意識が強いですから、その分教師を面と向かって批判することが少ないように思えます。それも教えるべきことに入るのでしょうが。

七　祖母・母・父

成田　『へんな子じゃないもん』ですが、これはアメリカで一九九七年に出版されて、日本では二〇〇六年に翻訳が出ました。原題は“*From My Grandmother's Bedside*”私はこれは『天皇の逝く国で』に対する反歌として詠まれたものと思いました。『天皇の逝く国で』は死に行く天皇、それを素材にしながら、そこでの出来事を一つの物語にして描いた作品です。それに対してこの『へんな子じゃないもん』は、やはり病で臥せっている祖母を取り巻く光景を「スケッチ」として描いている。中心にいるのがかたや天皇であり、こちらは祖母であるというところで、まさに対応しながら反歌になっているという作品として読んだのです。

ノーマ　これはアメリカで出版されて間もなく、『ニューヨーク・タイムズ』の日曜版に大きな書評が載りましたが、スケッチの手法が完全に否定されてしまいました。ノーマ・フィールドに期待するのは、スケッチではなく、「ビッグ・ピクチャー」だと。スケッチを通してなにをしようとしたのか、ちょっとでも想像してくれたならば、と悔しく思ったことは否定できません。『ニューヨーク・タイムズ』の影響力のおかげで、他の新聞社もあまり取り上げてくれませんでした。ですから、今、成田さんがスケッチと言ってくださったのは非常にありがたいです。

成田　「スケッチ」が、方法になっているんですね。いろいろな事柄が断片として想起される。

おばあさんのことであったり、お母さんのことであったり、自分の記憶であったり、あるいは、それに伴う日常風景であったりしますが、文字通り断片として出てくるところがとても特徴的です。

岩崎　断片としてしか書けないことまで書いているというか、きちんとした筋とか枠で語れないことまで語ろうとしている。もっと言えば、存在することができなかったものまでも取り返そうとしているように見える。これはもう、しっかりしたプロットのある古典的な形式ではなくて、むしろ反形式的なものにならざるを得ないだろうなと思うのです。「ちいさなもの」へのこんなに豊かな視線を感じさせるテキストはなかなかありません。

ノーマ　私自身そこまで明確に位置づけてはいませんでしたが、すべてのものがどこかでつながっている、という信念があって、それを表現するにはこれしかない、と書き続けたものです。それから、私はプリンストンで連歌にかかわりがあった先生の授業をいくつか受けていて、その影響もあったと思います。俳句をはじめとして、日本の定型詩は短いことで有名ですが、長々とつなげることもできる。そこで要求されるのは変化、おおざっぱにいえば連続と断絶です。でも根底にあるのは関係性ではないかと思っています。

成田　別な文脈で言うと、物語を作ると、例えば日本では天皇制に回収されていってしまう。そのことへの警戒心はありませんか？　物語を作ると、絶えず何かに回収されていくということがあるので、それであえて「スケッチ」という方法を採用したのかなとも思ったのですが。

ノーマ　最初から一つの物語はあり得ないという意識はありました。同時にいま申し上げたとおり、すべてつながっているという意識。矛盾ではないと思いますが。最近、四年前撮られた自分のビデオを見ることがあって、そこで小林多喜二を語りながら、文学とは証明できない真実を表現するものだと言っているんです。すっかり忘れていましたが、証明できない真実を表現する方法はいろいろあるはずです。

成田　この本のなかでノーマさんが思い起こされているのは、高度経済成長前、あるいはバブル以前と言ったほうがよいかもしれませんが、その時期の日本における生活が有していた手触り感のようなもののように思えます。

ノーマ　そうです、まさに「手触り」ですね。私のもとを離れていく祖母を思うと、彼女が守ってきた家、そのなかにあるものすべてが彼女の面影を宿しているようで、口数少ない、優しさそのもののような彼女が秩序の中心にあったこともよくわかってきました。彼女の生涯は昭和天皇とほぼ重なっていましたが、些細な日常品やそれにまつわる生活習慣を書きとどめておかなければ消えてしまうのは当然。予期していなかったのは、その書きとどめようとする行為自体から、ひとつの身近な戦後史が浮かび上がってきたことです。

成田　つまり『天皇の逝く国で』は、天皇が中心であるが故に、戦争や原爆という天皇にまつわる記憶が思い起こされる。それに対して、『へんな子じゃないもん』のほうは祖母が軸となるために、生活のぬくもりが想起されるという、そういう対応なのですね。

ノーマ　ただ、『天皇の逝く国で』を書くに当たっても、中谷さんであれ、知花さんであれ、日常生活を知りたかったわけです。どういうところからああした抵抗が生まれてくるのか、どんな日常的基盤に支えられているのかがわからないと読者も納得できないのではないか、と思いましたし、こうした行為に出る人はどのように傷つけられていくのかというと、やはり日常的次元を見なければならない。祖母はいわばふつうの庶民ですよね。彼女をとおして、無自覚に感じとっていた庶民の戦後を、『天皇の逝く国で』を書いたことによって、こんどは意識的に拾い上げるようになった、といえるかもしれません。

成田　ノーマさんのご本のなかでは、男性たちの存在が希薄であると同時に、他方でさまざまな意味合いを持ちながらですが、家父長制を大事にしている男性たちが登場しますね。

ノーマ　もちろん、家父長制のなかで生きてきたわけですが、家長の役割を果たしきれなかったのが私の家系の男性たちじゃないかと思います。祖父は、戦前からヨーロッパとハリウッドの映画スターのブロマイドを製造していました。母の目には、祖父の商売はお遊びとしか映らなかったようです。祖母が必死に家庭を守りながら商売も取り仕切っていた。私の父は、進駐軍の一員として日本に上陸して、それから軍属となり、私が七歳の時に母と別れて数年後にアメリカに帰る。一緒に目黒で暮らしていたころ、アメリカ人としても背の高い父は、近所の子どもたちにとって怖い存在で、私はむしろ迷惑に思っていました。貧しいスコットランド移民の子で、高校も出たかどうか知りません。アメリカ社会の底辺で生きることを強いられた男性が、軍隊に入り、日本に来て、日本人女性と結婚する。母の周囲は「おとなしい」そんな彼との結婚を勧める。日本語を知らない父がおとなしいのも当然なんですが、若い母は言われるままに結婚してしまいました。戦後の厳しい時期で、三人姉妹の長女である彼女は、自分が片付くことが親孝行、と察したはずです。

岩崎　お母様はかなり知的な方だと思いますが、お父様をどうごらんになっていたんでしょうか。

ノーマ　たしかに二人の間には教育の格差がありましたが、もっと、もっと大事なのは人間を観る目の違いです。母は感覚的社会主義者とでもいえるでしょうか。戦後、反戦・平和、平等、福祉――こうしたことばと出会って、全身で信じるようになった人です。父はルサンチマンの塊のような人物で、反共、核実験推進、という感じでした。ともかく、二人はお互いを理解しあうすべを持ち合わせていなかった。父も父で、薄幸な人生だったと想像がつきます。

成田　『へんな子じゃないもん』では、お母さまの妹、つまりおばさんの存在が大きいですね。

ノーマ　それはたしかですが、絆が強いだけに、祖母が倒れてからはみんな対立するようになってしまうんです。さきほど触れましたが、祖母が一家の中心でした。実質的大黒柱が父親ではなく、母親であることによって、いろいろちがってくるんではないでしょうか。ともかく、中心がなくなることによって、姉妹それぞれが置かれた社会的位置の経済的、精神的緊張感が一気に露呈してしまった感があります。姉妹ですから、幼児期に遡る感情のもつれもあるでしょう。子どもの頃かわいがってもらって、私の人格形成に大きく関わった叔母たちとの関係が切れてしまったことは残念としかいいようがありません。

その背景には個人とそれぞれの家庭間の問題がありましたが、戦後社会の大きな流れが残した歪みも無視できないと思います。例えば高度成長が夫・父親に求めた働きようは家庭での不在を

若い妻・母親だったころの祖母.

意味していましたね。それが妻・母親や子どもの精神構造だけでなく、夫・父のそれをも形づけないはずはありません。六〇年代フェミニズムのスローガン「個人的なことは政治的である」を思い出します。

祖母が倒れて、なにひとついいことはなかった、というべきでしょうが、脳溢血を患ってからの最初の二、三年は彼女の知られざる側面に出会うことがありました。「知られざる」というのが正しいかどうかわかりませんが、とにかく解放されたかのように、思ったことをそのまま口にすることがあったのです。自制的で、愚痴ひとつこぼすことがなかった女性でしたから、それは驚きでしたし、とまどいもありました。治りたくない、などと言われるときなど、とくにそうでした。でも、いつも祖母にこちらが安心するようなことばを求めてきた私にとって、貴重な経験ではありました。

岩崎　『へんな子じゃないもん』の一番最後に、ちょっと唐突な感じで、非常に美しい女性の写真が一枚出ているんですが、これを巡る文章は本文のどこにもないですね。

ノーマ　私が知っている祖母は非常につましい生活を強いられていました。美しい嬢さんとして育った祖母は、苦労の連続のような人生のなかで、あの信じがたいほどの優しさを失うことはなかった。それは当然周りの者に喜ばれましたが、本人にとっても、一種の贅沢、つまり精神的な贅沢だったのではないか、と思います。あの若いときの美しさと、生涯持ち続けた優しさは、私のなかでは対をなしています。あの写真の掲載を敢えて説明するなら、こういうことになるかと思います。

成田　『へんな子じゃないもん』というのは、訳者の大島かおりさんが付けられたのですか。

ノーマ　そうじゃないんです。これは祖母の言葉をそのまま引用したものなんです。『祖母のくに』を出版するときに、書名の候補の一つに私が提案していました。結局その本は『祖母のくに』となったわけですが、このことばはずっと頭を離れませんでした。

私が育ったのは日本の家庭ですから、親が子どもにアイ・ラブ・ユーなんて言うことはありません。私は祖母に可愛がられていることを疑ったことはないし、また直截的な表現を必要と思ったこともない。母は私が小さいころ結核を患っていて、また結婚に失敗した女性としても人目を避けていたので、私がいちばん当てにできたのは祖母でした。ふつうの散歩でも、医者通いでも、すべて祖母と一緒でした。「他人様」の目には、ずいぶん異様な子を連れ回るご婦人と映ったはずです。本人はどう感じていたのだろう。倒れる前だったらこんなに立ち入った、あるいは照れくさいことを尋ねる勇気はなかったと思います。自省のフィルターが取れた祖母に出会っていたからこそ、「へんな子を連れ回るって、おばあちゃま、嫌じゃなかったの？」と言い出せたのです。そうしたら、「へんな子じゃないもん。自慢の子だったもん」という、全く予期していない答えが返ってきました。

なぜそれほど意外だったか。私はワシントンハイツやアメリカン・スクールに通いながらも、日本の――中流階級的な、と付け加えるべきでしょう――規範に適うことを求められても、失格ばかりしていた。異様に見える子どもは少なくとも作法なり言葉遣いなりがちゃんとしていなければ困る、という考え方はよくわかります。ですから、まるで歯を矯正するみたいに、座り方やお辞儀のしかたを直されていました。とうてい「自慢の子」だなんて想像できなかったのです。

岩崎　さきほど訳者の大島かおりさんのお名前が出ましたが、大島さんも含めて、ノーマさんのご本の中での男たちの影の薄さに対して、女性たちが非常に重要な役割を果たしていますね。本を作るという点でも、やはり女性のネットワークというのがうまく働いている感じがします。栗山雅子という名編集者と大島かおりという傑出した翻訳家、この二人の女性とノーマさんとの間のコラボレーションというのを、ノーマさんはどうお考えですか。

ノーマ　こういう作業は全く未経験だったので、当時はいかに希有なコラボレーションか、ほとんど意識していませんでした。大島さんにとっても、ご自身の翻訳原稿を原著者が読めるのは初めての経験でした。それを知って、窮屈ではないかと思いましたが、無用の心配でした。あれだけ力量がある方ですから、そんなことに煩わされることなく、とても積極的に対応してくださいました。

栗山さんですが、彼女に出会っていなかったら、日本語で書くことはなかったと思います。彼女に勧められてはじめて執筆したのが「秘書の話」です。よくも無謀なことをしたな、と呆れてしまいますが、そのとき発見したのが日本語で書く楽しさでした。日本語は私にとって最初に話した、いわば母語ですし、また私的な書き言葉としては長く馴染んでいましたが、他人が読むものとして書いてみると、英語にない、語尾に託された表現力が実感されて、「である」で文を留めたときなど、わき出てくるパワーは快適でした。その感覚はさすがにもう消えてしまいましたが。

大島さんと出会うのはその後で、『天皇の逝く国で』の日本語版がみすず書房から出ることが決まってからです。その前に試訳を二つばかり目にすることがありましたが、どうもピンとこないんです。間違っている、というのではなく。言葉から滲み出てくる世界観なんでしょうか。その世界観ですが、実際大島さんとは翻訳の思想もちがうことが後からわかってくるんですが、要は「翻訳の思想」でもないらしいんですね。

ともかく、大島さんがパキスタン系英文学者サーラ・スレーリの著書で、私がたいへん共感を抱いていた『肉のない日』(みすず書房、一九九二年)を訳したのを知って、栗山さんに打診していただいたところ、私の本を引き受けてくださったんです。栗山さんと大島さんの長いお付き合いによって私の仕事が支えられたことは確かです。

だいたいの訳ができあがった時点で、まだメール以前の時代のことですから、私が早朝に大島さんに電話をして、あの箇所この箇所といろいろ相談しました。たいへんな勉強になりましたよ、それは。植物名ひとつをとっても漢字表記、カタカナ表記について一方的にこれが普通です、ではなく、一緒にニュアンスを検討してくださった。個々の現象の受け止め方のちがい、例えば精神を病むひとをこう描くと日本の読者にはどうひびくか、など、相談事項は多種多様でした。

翻訳が刊行されて一五年目の二〇〇九年に、東アジア出版人会議という集まりが発表した「東アジアの一〇〇冊」のうち、日本からの一冊として『天皇の逝く国で』が選ばれました。他のタイトルを見て恐縮するばかりですが、大島さんと栗山さんの尽力なしには有り得なかったことです。

成田　大島さんが『天皇の逝く国で』の原題 *"In the Realm of a Dying Emperor"* の "Realm" を「国」と訳し、『祖母のくに』で「くに」を対応させたところなどは見事ですね。

ノーマ　はい、後から思えば本当にそうです。ただ、どこまで意識していたか。誰の案だったかも定かではありません。

成田　この『祖母のくに』では、編集者の栗山雅子さんとの作業についても触れておられますが、訳文についてかなりのやり取りがあったんですか。

ノーマ　ものによって違いますが、必ずありました。ですから大島さんとの三人の作業になるわけです。日本語で書き下ろしたものについてもひとこと付け加えさせてください。だいぶ前に栗山さんからうかがった話です。あるときリービ英雄さん――実はプリンストンで彼の授業を受けたこともあります――の初期の作品の編集者と栗山さんが話していて、リービさんや私の書いたものにどの程度手を入れるべきか、話題になったそうです。規範に押し込めないで、外国人が書いた日本語をいかにして最大限活かすか、苦心が伝わってきました。

八　多喜二へ――文学への希望

成田　もう一つうかがっておきたいのは、この『へんな子じゃないもん』まで進んで行かれたノーマさんが、小林多喜二を読むという、いわば物語のほうにもう一度、あるいは、プロレタリア文学という意味では新たに舵を取られたように見受けられるのですが、そこはどういうプロセスだったのでしょうか。

ノーマ　きっかけはいくつかあったと思いますが、『天皇の逝く国で』が出てから、自然と、謝罪の問題や戦争責任、戦後責任の問題などを取り上げていますと、日本を訪れるたびに、「良心」のことばを求められるようになりました。つまり、ささやかな「外圧」として機能することです。それを意識しだすと、なんとも居心地悪くなりました。なぜかというと、例えば知花さんや中谷康子さんは、世間の常識に反しても、その世間のなかで生きつづけなければなりません。私は運動を起こそうなどと思いませんが、威勢のいいことを言ってもすぐその場を遠く離れて行く空しさと、離れて行ける無責任さがあるわけです。

そこで今から七、八年前、現在進行形の問題から一歩下がって、もう少し歴史的なところに戻ることに決めました。戻るところは結局文学でした。そして行き着いたのがプロレタリア文学と小林多喜二。これは私のささやかな抵抗の現れでしょう。リオタール以降、社会主義という大きな物語が終焉を迎えた、と言われて、おおむね同意を得たようですが、この種の現状認識を疑ってみたくなるのと、大きな物語に身を投じた数え切れない人たちの夢と犠牲を掃き捨ててしまっていいことはない、と思ってきました。

一九九一年、つまりソ連崩壊の時に、ジョン・バージャーという敬愛する美術批評家、小説家、エッセイスト——日本では『見るということ』のみが知られているようですが——が書いたエッセイがありますが(John Berger, “The Soul and the Operator” in *Selected Essays*, Vintage, 2001)、そのなかで、フランス革命からプラハの春までの約二世紀の間に繰り広げられた「金持ちの欲に対する超越的、しかし世俗的な信仰に基づいた正義の闘い」についての感動的な件《くだり》があります。この闘いは「字の読めない農民も語源学の教授」も引き込んだ、「時代の最もオリジナルでマージナルな」唯物史観に基づいた信仰の表現だ、とも書いています。片や「世俗」と「唯物史観」、片や「超越」と「信仰」——たいへんな緊張を孕んだ概念ですが、どちらも捨てられない。ベルリンの壁・ソ連崩壊後に襲来したあらたな貧困——不足に由来しない貧困、とバージャーは指摘していますが——を考えると、「正義の闘い」の物語を終わったものとして片付けるわけにはいきません。プロレタリア文学へのかかわりにはこうした想いがあります。

成田　プロレタリア文学は、冷戦体制が終わった後、真っ先に棄てられた小説のジャンルでもありますね。

ノーマ　ある意味では、捨てられ続けてきたジャンルで、なんど復活しても捨てられることでしょう。実際アメリカでは、戦前の日本やドイツより長く生き延びますが、マッカーシズムによって徹底的につぶされてしまいます。マッカーシズムの社会的影響があまりにも強烈だったため、アメリカにプロレタリア文学の時代があったこともほとんど知られていません。

岩崎　マッカーシズムの害悪をそういう点まで意識するということは、寡聞にして聞いたことがありませんでした。英語で書かれた労働者の文学作品ということですね。

ノーマ　アメリカ人が書いたプロレタリア文学です。英語ばかりではなく、移民がそれぞれの言語で書いたものもあります。児童文学もあるし、映画もある。それがマッカーシズムの台頭まで続くわけです。

話を戻すと、プロレタリア文学に惹かれた理由は、文学としての問題性にもあります。二流の文学、という切り捨てかたがありますが、言わんとするところは、文学と称されるべき代物ではない、ということです。文学研究を意図的に棄てていた私ですが、文学は棄てられなかった。それに戻ろうと思ったとき、プロレタリア文学が「棄てられた文学」として目の前に現れたわけです。

成田　作品研究の一方で、ノーマさんは、文化運動の現場にも行かれていますよね。つまり、現在進行形の問題から身をはがすといわれたけれども、実はそういう運動の現場もとても大事にされていると思います。

ノーマ　プロレタリア文学と多喜二を追い始めてですね。地域で——大館や小樽、札幌などで——文化運動にかかわっている人たちがいるからこそ、考えたり書いたりすることができると思っています。大学にはない現場に惹かれる、ということもありますし。

それからもう一つ、ちょっと飛躍かもしれませんが、昨日、久しぶりにトロツキーの『文学と革命』を開いてみて、やっぱりすごいと思いましたね。すべてに同意するわけではありませんが。彼は革命後、真っ先に衣食住を確保しなければならない、つぎに労働者農民の識字率を高めなければ、と言っています。トロツキーがプロレタリア文学に対して否定的だったことはよく知られていますが、こうした革命直後の状況を考えると、それもわかりますし、また革命の達成は階級がなくなることを意味する、という理屈からしても納得できますが、私はやはりプロレタリア文学の存在意義を打ち出すことが大事だと思っています。それはともかく、トロツキーは過去の遺産、ブルジョワ文学の遺産を継承することをしつこく説いていますが、実は多喜二なども重なる認識です。

でも、もっと大切なのは、彼らの目指すところはひとつではなかったか、ということ。多喜二も戦前の日本の運動もあまりにも早く芽を摘まれて、当然ですが、緊急の話題に追われて、未来図もほとんど描けなかったこともありますし、まぁ、今日に至る左翼運動内の乖離や葛藤もあって、こうした共通性が見出しにくかったのではないでしょうか。これこそ私自身の「信仰」かもしれませんが。

トロツキーはいろいろなところで、芸術の固有性に触れている、つまり芸術は衣食住や政治やインフラとちがって有機的なものだから、同じように統制できはしない、と。革命を経た社会で、激変する世の中を潜在的に消化して、長い年月をかけてこそ新しい芸術が生まれてくる。しかし、社会全体にとって、とくに大衆にとって、芸術は欠かせないものである。情緒的な意義とともに、現実認識に必要な道具だから。これは「文化と社会主義」という一九二七年の論文に書いてあることですが、ちょうど日本の運動が盛り上がりを見せるころです。

多喜二の作品や手紙を振り返ってみると、おなじように文学が現実認識に欠かせないと思っていたことがわかりますし、文学の「有機性」も直感していたと思います。それから目前の闘いの先に、つまり、まだ描けない社会と文学に対しての欲求もあったはずです。いま描ける人間関係を書くけれども、それは完結したものと考えてはいない。完結など有り得ないのです。

岩崎　そう考えると、プロレタリア文学というのも含意がかなり変わってきますね。

ノーマ　そう思いたいです。

岩崎　長いスパンでいえば、文化史の書き直しの作業だと思うんですね。小林多喜二をそういうものとして読めるのではないか。その意味では、とても重要な手掛かりがここに与えられていると思います。そのさい、ノーマさんは非常に明確な問いを立てていますね。つまり、近代において自立的な文学という概念が出てきたけれど、それは違うんだ、と。

ノーマ　これはシカゴ大学での私の葛藤とつながっています。いや、大学だけの問題ではありません。社会変革を求める文学――これを日本語で「政治的」と言った途端、語弊があるかのように聞こえるのがそもそも問題なんですが――を積極的に引き受けて論じてみないと、いつまでも近代のエステティックス、美学の虜になってしまうと思います。多喜二を論じる中で、文学の使用価値を打ち出したいとこのごろ考えています。当然「芸術のための芸術」と一線を画すことですが、この姿勢は、バージャーの世俗的・唯物論的超越観やトロツキーの芸術の有機性と矛盾するものではないと思います。

「文学の使用価値」というと、受け手を先ずイメージしますが、作り手のことも考えたいですよね。大阪で飲み屋さんを経営しながら三人の子どもを育て上げた在日朝鮮人の詩人・宗秋月さんは、時間があるときは小説やエッセイを書いて、時間がないときは詩を書くとおっしゃっていました。詩ならお客さんがいないとき、カウンターでも書ける、と。小説はまとまった時間がないとダメ。一九七九年のニカラグア革命後、サンディニスタ政権の文化大臣を務めた神父で詩人のエルネスト・カルデナルが「戦争中には小説は生まれない」と言っていたのを思い出します。詩なら、戦場に飛び立つ前の待ち時間にも作れる、と。

岩崎　あっ、それは面白いご指摘ですね。最近、日本の一九五〇年代前半をピークに広がっていたサークル詩の運動について、発掘の試みが進んでいます。その後、この時期のことは忘れられてしまうのですが、いったん目をこらしてみると、今からは想像もつかない厚みのある運動で、そのなかでたくさんのひとびとが詩を作っていたことがわかるんです。『東京南部サークル詩集成』(不二出版)や『現代思想』の特集「戦後民衆精神史」によって、そのことがかなり見えるようになりました。そこでいつも思うのは、なぜ小説でも批評でもなくて、何よりもまず詩なのかということなんですね。闘いと詩とが結びついていた。松川事件の被告団と支援者たちだって、全員が詩を作っています。労働者たちは、厳しい労働条件のなかで働いているわけですから、余暇時間がない。そこで詩を書くという自己表現を選んでいるんです。

ノーマ　文学は、諸芸術の中で最も日常生活と重なる言葉という素材からなりたっていますが、それは日常と関係を保ちながらも微妙に違った作用を求める。芸術、文学、詩を本質的に捉え返さずして優劣を決めてもあまり意味がないでしょう。「文学とはなにか」と同時に、「人間とはなにか」という問いかけを繰り返させるのがプロレタリア文学だと思います。

ただ、やっかいな問題がいくつも残ります。すべての使用価値がいいということではないですから。また、従来、自明のことであるかのように否定されてきた使用価値で、再検討すべきものもあります。その筆頭にプロパガンダがある、と私は考えるのですが、どうしたら出鼻をくじかれずに再評価に踏み切れるか、まだ見えていません。かなり勇気がいることであることはたしかです。

まだことばにはならないけれど魂が欲しているもの、あこがれとしかいえない想い、そういうものを表現することも使用価値に入ると考えます。そしてこれはもちろん個人の欲求やあこがれだけの話ではありません。先のバージャーのことばを借りると、「昇華された愛の諸形態——政治的、社会的、宗教的、文化的——は個人的な規模とともに歴史的な規模で全体を取り返すことを求める。どんな形の愛にせよ、過去も未来も現前するかのようにしっかりと握るのだ」(“That Which Is Held” 前掲書所収)。プロレタリア文学の使用価値を求めていくと、結局たどり着くのは愛ではないか、と思えてきます。バージャーの意図からずれるかもしれませんが、「過去と未来」を「しっかりと握る」ことをイメージすると、同志と固い握手を交わすこと、あるいは多喜二が恋人田口タキに書いたように、「頭」からではなく、「胸の奥底」(一九二七年五月)から社会主義者になることでもあるでしょう。

成田　壮大な話ですね。

ノーマ　具体化させるには勇気も執念もいりますね。はたしてどこまで追っていけるか。

岩崎　最後に。次にノーマさんの手からどんな作品が出てくるのか、お尋ねしてもいいですか。

ノーマ　数年前から若い仲間と一緒に、日本のプロレタリア文学のアンソロジーをシカゴ大学出版局から出すという仕事をやっています。多喜二の傑作『一九二八・三・一五』や中野重治の『鉄の話』も入っています。村山知義の転向小説『白夜』なんかも入れるつもりです。珍しいでしょ？　できるだけ丁寧な解説を付けて出したいと思っています。論争は全文を掲載するのは無理なので、要点をピックアップして少しだけ紹介するのが限度です。四〇〇ページがメドですから。

岩崎　それは楽しみですね。

成田　大変貴重なお話を、いろいろありがとうございました。

ノーマ　お二人の質問に触発されて、私のなかでモヤモヤしているものを少しは意識化できたような気がします。心からお礼申し上げます。

（終）

〔付記〕このブックレットの初校は突然病に臥した母のとなりで目を通すことになった。そして第六章にさしかかったころ、母は静かに他界した。ちょうど一年前、岩崎稔さんと成田龍一さんがこのインタビューのためにシカゴの我が家を訪ねてくださったとき、この母を紹介することができたことを幸せに思う。庶民の良心と笑いを体現していた母にこのブックレットを捧げたい。

（二〇一〇年三月一〇日記）

ノーマ・フィールド

1947年生まれ．シカゴ大学教授．日本文学・日本文化専攻．おもな著書に，『天皇の逝く国で』『祖母のくに』『へんな子じゃないもん』『源氏物語，〈あこがれ〉の輝き』(以上，みすず書房)，『小林多喜二——21世紀にどう読むか』(岩波新書)などがある．

岩崎稔

1956年生まれ．東京外国語大学教授．哲学・政治思想専攻．主な著書に『総力戦と現代化』(共著，柏書房)，『ナショナルヒストリーを超えて』(共著，東京大学出版会)などがある．

成田龍一

1951年生まれ．日本女子大学教授．日本近現代史専攻．主な著書に『歴史学のスタイル——史学史とその周辺』『歴史学のポジショナリティ——歴史叙述とその周辺』(以上，校倉書房)，『近代都市空間の文化経験』『大正デモクラシー』『「戦争経験」の戦後史』(以上，岩波書店)などがある．

ノーマ・フィールドは語る　戦後・文学・希望　　岩波ブックレット 781

2010年4月7日　第1刷発行

著　者　ノーマ・フィールド，岩崎《いわさき》 稔《みのる》，成田龍一《なりたりゅういち》

発行者　山口昭男

発行所　株式会社 岩波書店

〒101-8002 東京都千代田区一ツ橋 2-5-5

電話案内 03-5210-4000　販売部 03-5210-4111

ブックレット編集部 03-5210-4069

http://www.iwanami.co.jp/hensyu/booklet/

印刷・製本　法令印刷　　装丁　副田高行

ISBN 978-4-00-270781-5　　Printed in Japan